Mon meilleur terrain

Mon meilleur terrain

scénario **Stéphane PIATZSZEK**

dessins & couleurs **Émilie BEAUD**

GRAND ANGLE

MAI 2020.
CLIK
GEORGES, ARRÊTE ÇA !

COÔH!
FAUT QUE JE TE LIME UN PEU LES GRIFFES, GEORGES...
WAAF WAFF
NON, PAS TOI, ARMELLE, TU FAIS PEUR AUX ENFANTS.
BONJOUR, MADAME ROECK. COMMENT VONT LES ROSES, CE MATIN ?

BONJOUR, SIMON, ELLES SE PORTENT À MERVEILLE.
PAR CONTRE LE FAUTEUIL FAIT ENCORE DES SIENNES. TOUJOURS CES COUPURES INTEMPESTIVES.
JE REGARDE ÇA CE SOIR, ÇA DOIT VENIR DU LOGICIEL.
TU AS ÉCOUTÉ LA RADIO ? ILS ONT FERMÉ LA FORÊT, COMMENT VAS-TU TE BALADER EN VILLE AVEC TOUTE TA MÉNAGERIE ?
MADAME ROECK, PRIMO, JE N'ÉCOUTE PAS LA RADIO.
SECUNDO, JE NE COMPTE PAS ME PROMENER EN VILLE.
BIP, BIP
17
ET TERTIO, ON NE PEUT PAS TECHNIQUEMENT FERMER UNE FORÊT.
BIP BIP
?!
KAÏ !
POURTANT, ILS L'ONT FAIT.
JE VOUS PRENDS UNE BAGUETTE EN PASSANT ?
TRÈS CUITE, PRESQUE NOIRE, MERCI SIMON.
YES, MADAM.

GARE
FORÊT FERMÉE PAR DÉCISION PRÉFECTORALE. 135 EUROS D'AMENDE POUR LES CONTREVENANTS

ON DIRAIT BIEN QU'ON A LA FORÊT POUR NOUS TOUT SEULS.
CHUUUUUUUT !
ILS NE VIENNENT JAMAIS SI PRÈS D'HABITUDE.
GRRRR GRRRR GRRRR

GEORGES, REVIENS !
WAAF WAF WAFFF
WAFFF
WAFFF
WAFFF
WAAF
WAFFF
ET MERDE !
MIII
WAAF
WAFFF WA
ÇA SUFFIT, LES GEORGES ! ATTENDEZ-MOI !
WAAF
WAFFF
GEORGES ?
GEORGES ?
WAFFF
MIII
WAF
MIAOUU
MIII
WAFFF
MIAOU
GEORGES ?
WAF
LES GEORGES ?

KRAAK !
GEORGES ?
MON BON VIEUX GEORGES ! JE TE SUIS.
MAIS QU'EST-CE QUE VOUS REGARDEZ TOUS COMME ÇA ?
WOFFF
WAAF WAFFF WAFFF
MIAOUU
WAFFF WAF
PAS DE PANIQUE !
MIAOUU
MIII
J'ARRIVE, MES GEORGES !
WAFFF WAFFF
MIII
MIII
MIAOUU

POF
ZWIF
OUTCH !
CONTENT DE VOUS VOIR AUSSI !
CRAAK
ET VOILÀ...
VLAN !
À VOUS DE JOUER, MES GEORGES !
GNNN
DRÔLE D'IDÉE DE CREUSER UN PAREIL TROU AU BEAU MILIEU DE LA FORÊT...

MAIS QU'EST-CE QUE C'EST QUE ÇA ?
DEBOUT, LES GEORGES !

EN ROUTE. ARMELLE VA SE DEMANDER CE QU'ON FABRIQUE.

DEMAIN, JE T'EMMÈNE DANS LA FORÊT, TOI AUSSI.
EH OUI, TU VAS REPRENDRE DU SERVICE, MA VIEILLE ARMELLE.
!
HIHAAAAN !
JUSTE POUR DEUX, TROIS HEURES, JE TE LE PROMETS !

BONJOUR, MADAME ROECK.
BONJOUR SIMON, TU VAS JARDINER ?
NON, NOUS ALLONS DÉTERRER UN TRÉSOR.
UNE EXCELLENTE MANIÈRE DE COMMENCER SA JOURNÉE.
TOUT IRAIT POUR LE MIEUX SI J'AVAIS ENCORE DU LAIT.
JE M'EN DOUTAIS.
IL EST ENCORE CHAUD.

ÇA ME DONNERA DU CŒUR À L'OUVRAGE.
MÉFIE-TOI : D'APRÈS LE JOURNAL, LES FLICS FONT DES RONDES DANS LA FORÊT.
ALORS IL FAUDRA S'EN REMETTRE AU DIEU DES CHÊNES.
TU PEUX M'ACHETER DES CIGARETTES EN PASSANT ?
STRONG !
YES, MADAM... NOT LIGHT.
SIMON, ATTENDS !

!!
VOOOO OOO
KZzzz
KZzz
MMRRK
SALETÉ !
TAC
TAC
RRR !

!
SNIF
C'EST PAS CES DEUX-LÀ QUI NOUS EMPÊCHERONT DE RENTRER DANS NOTRE FORÊT.
ARMELLE, FAUT QUE JE TE CAUSE...
RRRH RRH
STÉPHANE...
QUOI, BORDEL ?

ON PEUT PAS VERBALISER UN ÂNE...
DONC ÇA NE NOUS CONCERNE PAS.
C'EST UNE ÂNESSE.
HEUREUX DE L'APPRENDRE...
COÔH!

MiiIII
MERCI, MA TOUTE BELLE, JE TE REVAUDRAI ÇA.
INDIQUE-NOUS LE CHEMIN, GEORGES !

KRAAK !

NOUS Y
VOILÀ !

JE CROIS QU'ON VA COMMENCER PAR COUPER LES ARBRES ET LES ARBUSTES QUI ONT POUSSÉ AU MILIEU DES CHEMINS : ON Y VERRA PLUS CLAIR...

JE TE DÉBARRASSE DE TOUT ÇA, ET J'ATTAQUE. TU VAS POUVOIR TE REPOSER UN PEU.
BON... QUAND FAUT Y ALLER...
PAUSE DÉJ', MES GEORGES, ON L'A BIEN MÉRITÉE !
ALORS, QUI A FAIM ?
PRENEZ DES FORCES, LES AMIS.
RIEN QUE POUR DÉGAGER LE TERRAIN DE LA VÉGÉTATION, JE PRÉVOIS AU MOINS QUINZE JOURS...
FAUDRA ÊTRE INVENTIFS POUR ÉVITER LES COPS.

RRAH, MES GENOUX...
À CE TRAIN-LÀ, JE VAIS PARTAGER LE FAUTEUIL DE MADAME ROECK PLUS TÔT QUE PRÉVU.
ON RANGE TOUS LES OUTILS ET À LA CASA, LES GEORGES.
POOF
JE SENS PLUS MES BR...
!
MAIS...
ATT...
!
MIAOU

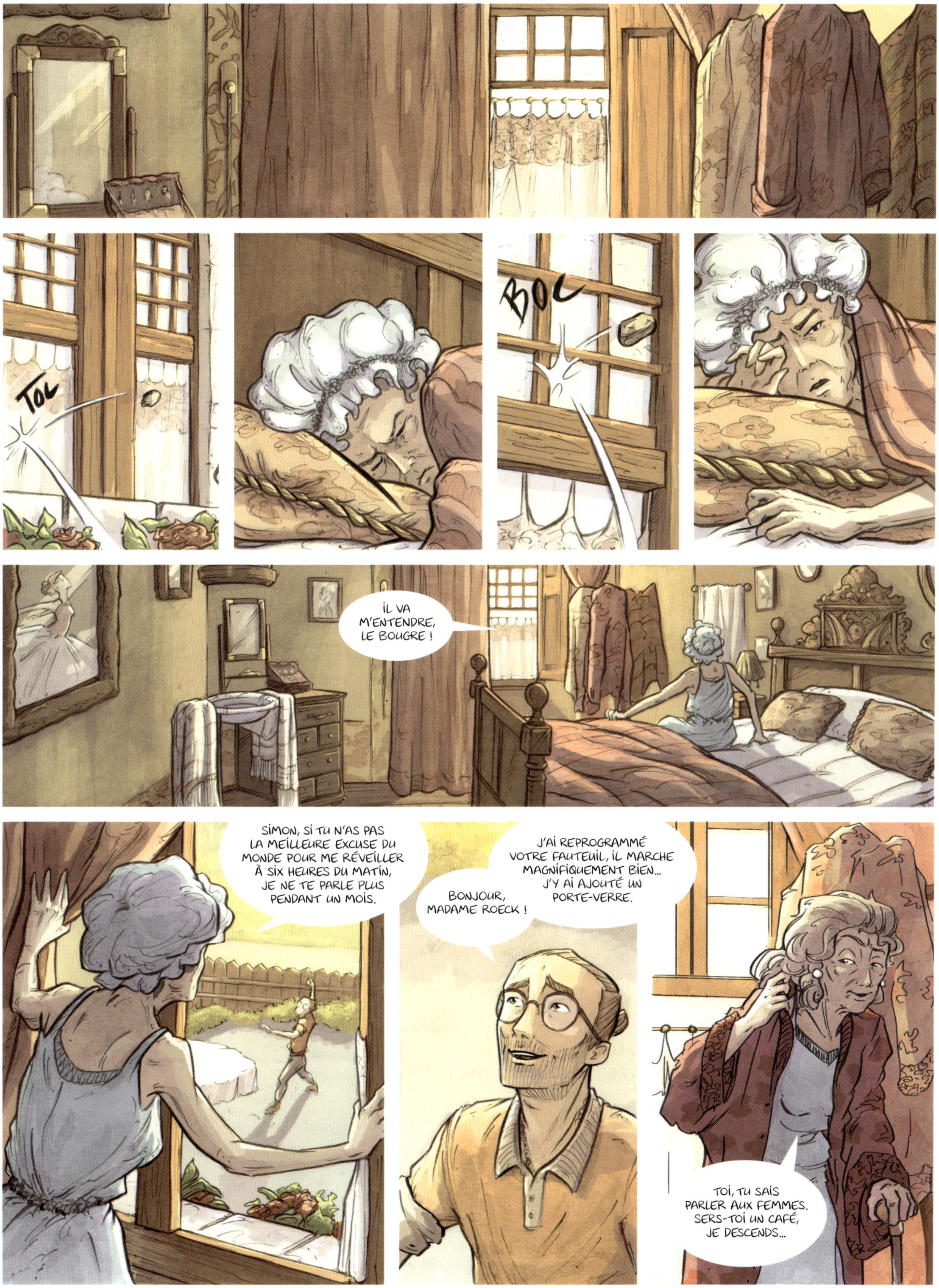
TOC
BOC
IL VA M'ENTENDRE, LE BOUGRE !
SIMON, SI TU N'AS PAS LA MEILLEURE EXCUSE DU MONDE POUR ME RÉVEILLER À SIX HEURES DU MATIN, JE NE TE PARLE PLUS PENDANT UN MOIS.
BONJOUR, MADAME ROECK !
J'AI REPROGRAMMÉ VOTRE FAUTEUIL, IL MARCHE MAGNIFIQUEMENT BIEN… J'Y AI AJOUTÉ UN PORTE-VERRE.
TOI, TU SAIS PARLER AUX FEMMES. SERS-TOI UN CAFÉ, JE DESCENDS…

SACRÉ SIMON !
JE PENSAIS FAIRE UN BRIN DE RANGEMENT DANS VOTRE GARAGE CE MATIN…
SI TU ME DISAIS CE QUE TU AS DERRIÈRE LA TÊTE ?
VOUS M'AVIEZ DIT QUE FEU VOTRE MARI AVAIT REÇU UN MAGNIFIQUE VTT ÉLECTRIQUE POUR SON ANNIVERSAIRE…
… MAIS QU'IL N'A PAS EU LE TEMPS DE…
À CAUSE DE LA MALADIE ET…
DE SA MORT DANS LES PIRES SOUFFRANCES, OUI. PRENDS-LE DONC, CE FICHU VÉLO !
DIEU VOUS GARDE DU CANCER, MADAME ROECK.
AMEN.
JE REMONTE FINIR MA NUIT. PLUS DE PIERRES, HEIN !
PROMIS !

zZZzzz
!
ZZZzzz
ZZZ
PAS LES IRIS !
KRRRR
ZZH ZHZHHH

ZZZ
KZZZZ
KZZZ
C'EST POURTANT SI FACILE DE S'ENVOYER EN L'AIR...
RE-BONJOUR, MADAME ROECK.
L'AUTOPILOTE DÉCONNE DANS LES SAUTS. L'ALGORITHME EST PUTAIN DE COMPLIQUÉ.
J'AI CRU QUE CE PAUVRE ANATOLE ÉTAIT REVENU ME HANTER.
CE SERAIT QUAND MÊME PLUS SIMPLE SI TES GENOUX TE PERMETTAIENT DE POSER TES FESSES SUR CE VÉLO.
QUAND BIEN MÊME, JE N'AI PAS CONFIANCE DANS CES MACHINES, JE LES TROUVE MÊME PLUTÔT CASSE-GUEULE, POUR TOUT VOUS DIRE, MAIS QUELLE GRÂCE QUAND ELLES SONT EN MOUVEMENT, NON ?
JE RANGE LES BICYCLETTES DANS LA MÊME CATÉGORIE QUE LES ANIMAUX ET LES ENFANTS...
ELLES SONT MERVEILLEUSES, POURVU QU'ELLES N'ENTRENT PAS CHEZ MOI, MON CHER SIMON.

NAN, MAIS PINCE-MOI, JE RÊVE. C'EST QUOI ENCORE CE BORDEL ?!
LES HALLUCINATIONS SONT UN SYMPTÔME DU VIRUS ?
POLICE MUNICIPALE
SI C'EN EST UN, JE SUIS MALADE AUSSI.
ZZZ
POLICE MUNICIPALE
POLICE MUNICIPALE

ZZZZ
QU'EST-CE QU'IL FOUT ?!
KRRRRR
ET MERDE !
MON COOKIE...
JE METS LE GYRO ?
10:36
CLICK
TU CROIS PAS QU'ON A DÉJÀ L'AIR ASSEZ CON COMME ÇA ?
SÉRIEUX, STEPH, ARRÊTE DE BOUFFER, TU ME FOUS LA GERBE ! ET REMETS TON MASQUE !
VRRÔÔ
ZZZ
ÇA VA ÊTRE BON, MES GEORGES. ON VA POUVOIR Y ALLER.

ZZZZZ
SALUT, L'AMIE. TU AS MIS DU TEMPS POUR LES SEMER. LE JEUNE FLIC T'A DONNÉ DU FIL À RETORDRE ?
J'ESSAIERAI DE GONFLER TON MOTEUR CE SOIR.
ALLEZ, MONTRE-NOUS CE QUE TU AS DANS LE VENTRE.
BAOUM
OUILLE ! OUTCH !
MERDE !

TOI, MA PETITE REINE, JE PENSE QUE TU AS UN SOUCI D'ASSIETTE SANS UN HUMAIN POUR ÉQUILIBRER LES MASSES AVEC SON CORPS.
SI MADAME ROECK ME VOYAIT...
FUCKING SHIT !!!

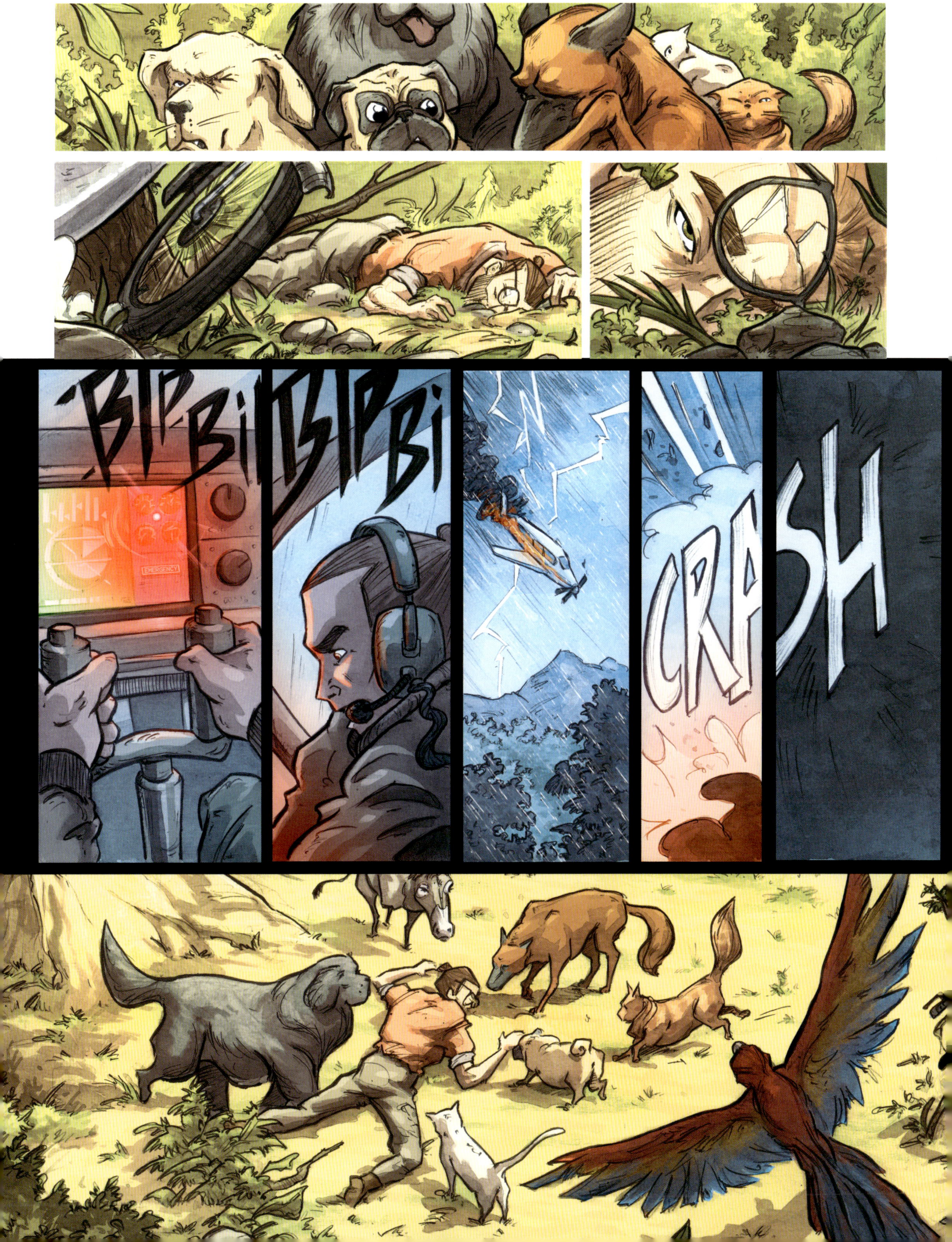
BIP BI
EMERGENCY
BIP BI
CRASH

GZZZ
SHHH
SHHH
SALETÉ DE RADIO.
QU'EST-CE QUE C'EST QUE CE CIRQUE ?
EH LÀ ! DOUCEMENT...
STEPH ?!
JE CROIS QUE LES ANIMAUX VEULENT ME DIRE QUELQUE CHOSE.
ALORS VA LEUR PARLER, ET LÂCHE-MOI LA GRAPPE !
JE LES SUIS.
C'EST ÇA, OUI, ET SI TU PASSES PRÈS D'UNE PHARMACIE, PRENDS-MOI DE L'IMODIUM.

LES GEORGES ?
MES GEORGES...

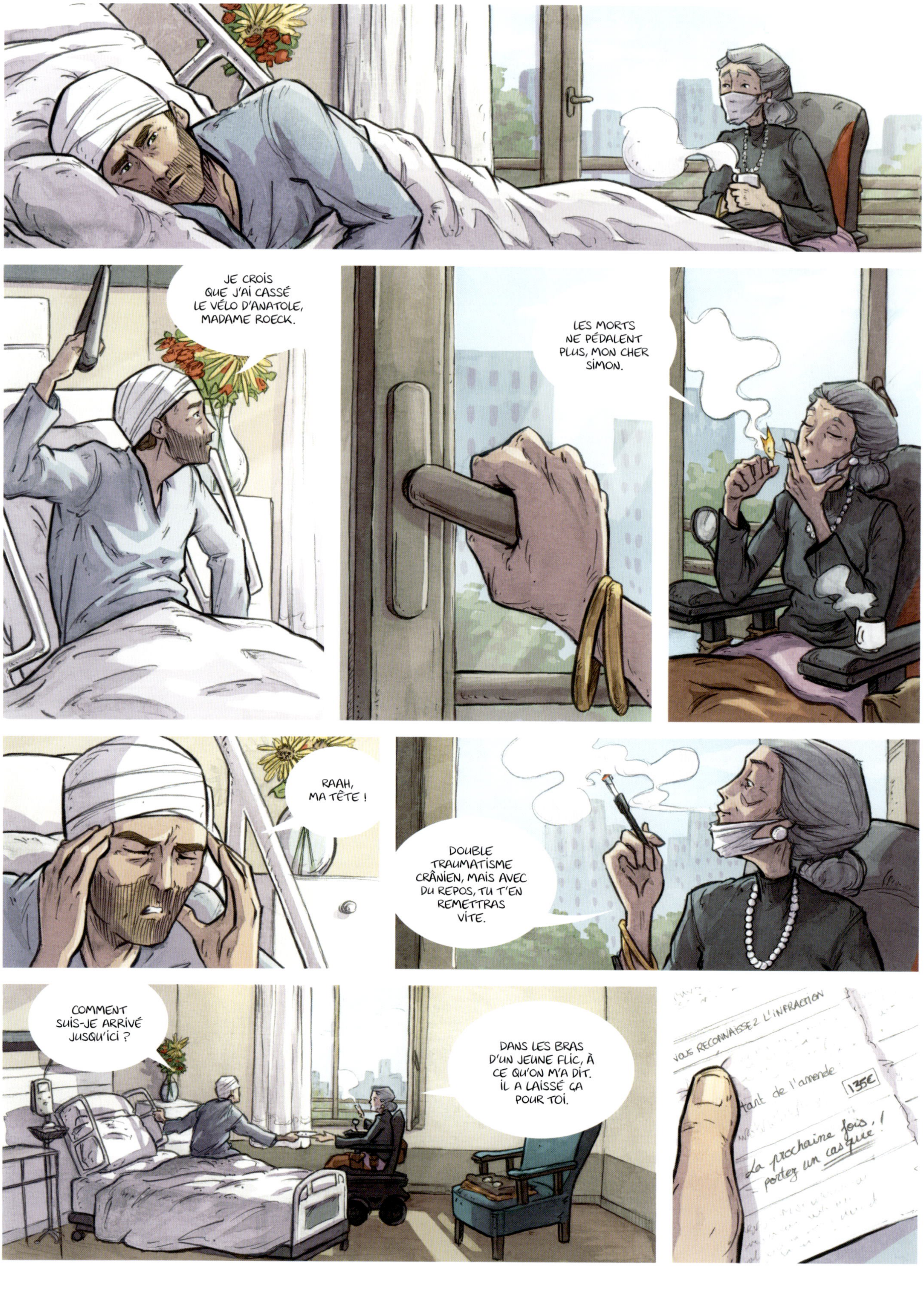

JE CROIS QUE J'AI CASSÉ LE VÉLO D'ANATOLE, MADAME ROECK.
LES MORTS NE PÉDALENT PLUS, MON CHER SIMON.
RAAH, MA TÊTE !
DOUBLE TRAUMATISME CRÂNIEN, MAIS AVEC DU REPOS, TU T'EN REMETTRAS VITE.
COMMENT SUIS-JE ARRIVÉ JUSQU'ICI ?
DANS LES BRAS D'UN JEUNE FLIC, À CE QU'ON M'A DIT. IL A LAISSÉ ÇA POUR TOI.
VOUS RECONNAISSEZ L'INFRACTION
tant de l'amende
135€
La prochaine fois, portez un casque !

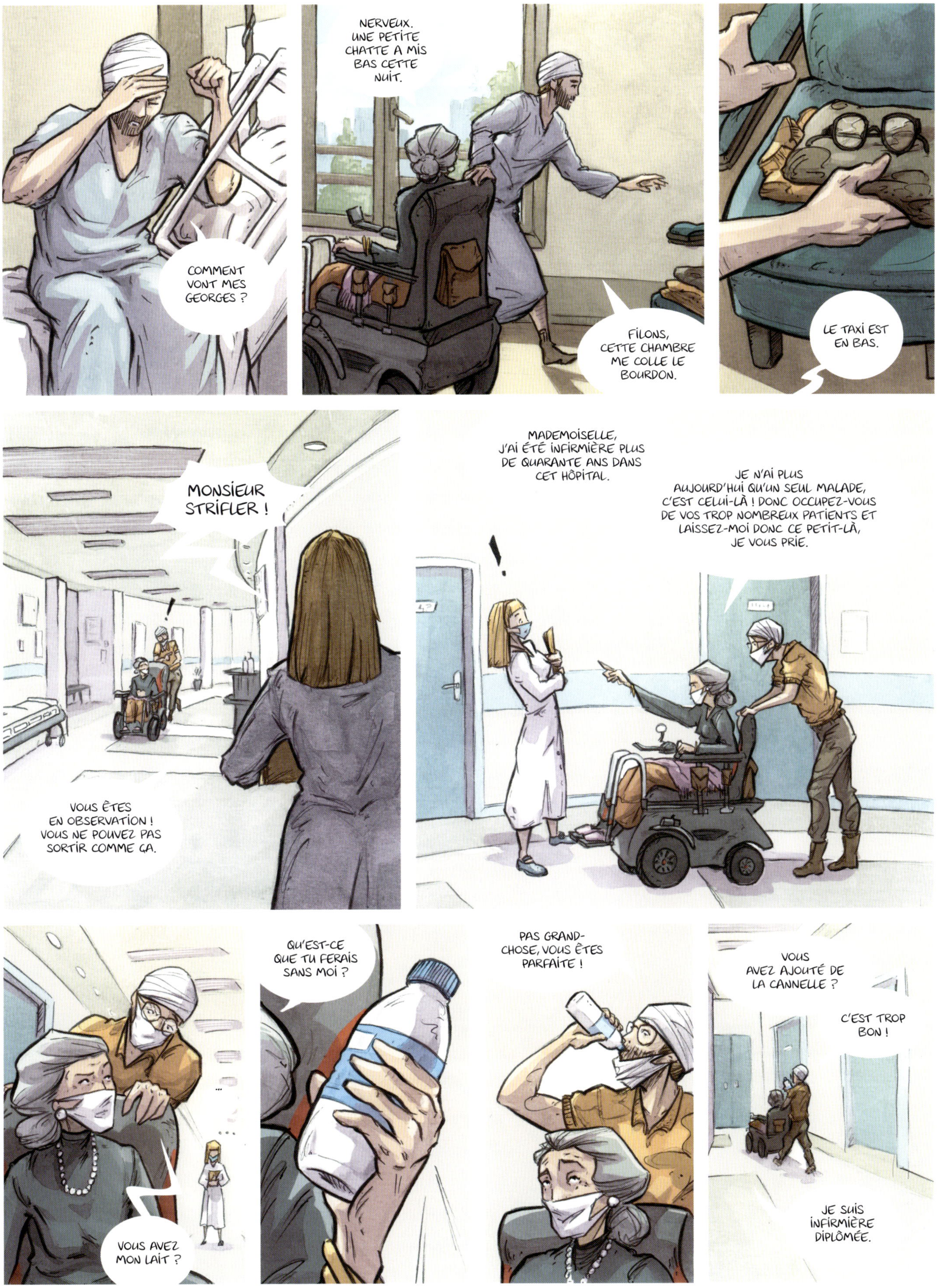

COMMENT VONT MES GEORGES ?
NERVEUX. UNE PETITE CHATTE A MIS BAS CETTE NUIT.
FILONS, CETTE CHAMBRE ME COLLE LE BOURDON.
LE TAXI EST EN BAS.
MONSIEUR STRIFLER !
!
VOUS ÊTES EN OBSERVATION ! VOUS NE POUVEZ PAS SORTIR COMME ÇA.
MADEMOISELLE, J'AI ÉTÉ INFIRMIÈRE PLUS DE QUARANTE ANS DANS CET HÔPITAL.
JE N'AI PLUS AUJOURD'HUI QU'UN SEUL MALADE, C'EST CELUI-LÀ ! DONC OCCUPEZ-VOUS DE VOS TROP NOMBREUX PATIENTS ET LAISSEZ-MOI DONC CE PETIT-LÀ, JE VOUS PRIE.
!
...
...
VOUS AVEZ MON LAIT ?
QU'EST-CE QUE TU FERAIS SANS MOI ?
PAS GRAND-CHOSE, VOUS ÊTES PARFAITE !
VOUS AVEZ AJOUTÉ DE LA CANNELLE ?
C'EST TROP BON !
JE SUIS INFIRMIÈRE DIPLÔMÉE.

UNE LETTRE DU MÉDECIN-CHEF DU SERVICE DE TRAUMATOLOGIE QUI ORDONNE L'AIR DE LA FORÊT À SON PATIENT, SIMON STRIFLER.
J'AI HÂTE DE VOIR LA TÊTE DES DEUX GEÔLIERS.
PERSONNE ?

SHIT, LES DUPOND ET DUPONT ONT CONTRACTÉ LA MALADIE.
KRAAK !
QU'EST-CE QUI T'ARRIVE, GEORGES ? TU ES BIEN AGITÉ CE MATIN.
VIVE LA FIN DU CONFINEMENT !
FUCK, FUCK, FUCK, FUCK, FUCK.
MAMAN, L'ÂNE, IL A TROIS PATTES !
C'EST UNE ÂNESSE, SON NOM EST ARMELLE.
MAMAN !!!

ALLEZ, ALLEZ, MES GEORGES ! ON SE DÉPÊCHE !
?
ENFIN SEULS...

*GUILLAUME APOLLINAIRE. ALCOOLS.

... SANS MOI, VOUS SERIEZ MORT.
SALUT TOI, T'ES MIGNON, LE CHAT.
IL S'APPELLE GEORGES.
ET LUI ?
GEORGES.
ET EUX ?
GEORGES...
... GEORGES, GEORGES, GEORGES, GEORGES, GEORGES...
... GEORGES ET GEORGES.
HÉ ! ÇA NE SE MANGE PAS, GEORGES !
NON, ELLE C'EST ARMELLE.
BIEN SÛR...

Z'AVEZ ACHETÉ UN CASQUE ?
JE NE COMPTE PAS REMONTER SUR UN VÉLO DE SITÔT.
ALORS QU'EST-CE QUE VOUS FAITES LÀ ?
J'ENLÈVE LES ARBRES... JE CHARRIE DE LA TERRE.
PERSONNE NE VIENT ICI ?
PERSONNE DEPUIS AU MOINS DIX ANS... À PART NOUS QUINZE..
VOUS AVEZ ABATTU UN SACRÉ BOULOT... C'EST ÉTRANGE, LES FORÊTS, HEIN ? IL Y A UN PARCOURS DE SANTÉ À DIX MINUTES AVEC DES FAMILLES EN PAGAILLE DÈS QU'IL FAIT BEAU...
ICI, ON SE CROIRAIT SUR UNE AUTRE PLANÈTE.
C'EST LE FEUILLAGE. REGARDEZ DEVANT VOUS, ON N'Y VOIT PAS À CINQ MÈTRES.

AVEC TOUS LES PILOTES DE DRONE, ILS VONT BIEN FINIR PAR LE DÉCOUVRIR, VOTRE TERRAIN.
J'AI INSTALLÉ UN BROUILLEUR D'ONDES. LES DRONES SE CASSENT TOUS LA GUEULE À PLUS DE CENT MÈTRES D'ICI.
SÉRIEUX ?
JE NE PLAISANTE JAMAIS AVEC LA TECHNOLOGIE.
BON SANG... MOI AUSSI, J'AIME BIEN ÊTRE SEUL DANS LA FORÊT.
ON EST DEUX : C'EST UN DE TROP.
AVEC VOS PAUVRES OUTILS, VOTRE PETIT CHANTIER, LÀ... C'EST PHARAONIQUE. RIEN QUE POUR ENLEVER LES VÉGÉTAUX, IL VOUS A FALLU COMBIEN ? ET VOUS AVEZ VU L'ÉTAT DANS LEQUEL VOUS ÊTES ?
J'AI TOUT MON TEMPS.
JE POURRAIS VOUS DONNER UN COUP DE MAIN.
NON.

NAAAAN
AAH !!

IL M'EXASPÈRE.
BROOM
EH BIEN, ON A GLISSÉ ? ET EN PLUS, VOUS AVEZ TOUT FILMÉ...
SANS VOULOIR VOUS JETER LA PIERRE, VOUS AVEZ TENDANCE À REMONTER LES BUTTES TROP HAUT.
DU COUP, LES BUTTES DE RÉCEPTION SONT TROP PROCHES.
POURQUOI VOUS VENEZ TOUS LES JOURS ?
JE SUIS EN CONGÉ, ILS ME DEVAIENT PLEIN DE RTT.
DES RTT ? POUR SURVEILLER UNE FORÊT ? ET VOUS LES PRENEZ JUSTE DANS MES PATTES, VOS CONGÉS ?
C'EST QUE JE M'Y SUIS, COMME QUI DIRAIT, HABITUÉ, À CETTE FORÊT. JE POURRAIS VOUS APPORTER UNE PRÉCIEUSE AIDE TECHNIQUE POUR TOUTES VOS BOSSES QUI N'ONT PAS LA BONNE HAUTEUR... ET JE NE PARLE MÊME PAS DU PARCOURS SUSPENDU.
VOUS N'AVEZ RIEN D'AUTRE À FOUTRE DE VOTRE VIE ?
LÀ, COMME ÇA, RIEN NE ME VIENT... FRANCHEMENT, LE VÉLO, C'EST MA VIE.

BON, C'EST QUOI CETTE HISTOIRE DE PARCOURS SUSPENDU ?
LE DÉPART PRINCIPAL DU CIRCUIT SE FAIT SUR CETTE RAMPE EN BOIS, ET ÇA, J'AI DÉJÀ VU.
MAIS OBSERVEZ LES GRANDS ARBRES TOUT AUTOUR DE LA CUVETTE...
ON Y APERÇOIT ENCORE D'ANCIENS CLOUS, ET PARFOIS DES MORCEAUX DE PLANCHES QUI ONT DÛ ÊTRE ARRACHÉES.
ÇA INDIQUE PEUT-ÊTRE QU'IL Y AVAIT UN AUTRE CIRCUIT, SUSPENDU ET FAIT DE BOIS, QUI VENAIT DOUBLER LE CIRCUIT TERRIEN.
VOUS AVEZ DÉJÀ VU ÇA ?
JAMAIS, MAIS CE N'EST QU'UNE SUPPOSITION QUI INDIQUERAIT QUE CELUI QUI A BÂTI ÇA ÉTAIT BIEN ALLUMÉ.
VOTRE HYPOTHÈSE EST TRÈS INTÉRESSANTE, SAUF QUE CELUI QUI A BÂTI ÇA ÉTAIT GÉNIAL.
PEUT-ÊTRE, MAIS ON NE LE SAURA JAMAIS : LE TERRAIN AU SOL A LAISSÉ DES TRACES QUI GUIDENT LA RECONSTRUCTION, MAIS CELUI EN L'AIR...
JE PEUX MODÉLISER DIFFÉRENTS PARCOURS SUR ORDINATEUR ET AVEC VOTRE EXPÉRIENCE, ON DEVRAIT RETROUVER LE PARCOURS ORIGINAL.
VOUS AVEZ L'ŒIL QUI BRILLE, LÀ.

ALORS C'EST OUI ?
ADMETTEZ QUE QUAND JE VOUS AI DIT OUI, VOUS NE VOUS ATTENDIEZ PAS À ÇA.
JE N'EN PEUX PLUS DE CETTE BROUETTE, ELLE EST DEVENUE LE PROLONGEMENT DIRECT DE MES BRAS. J'EN AI MÊME RÊVÉ CETTE NUIT !
LES PARCOURS PÉRIPHÉRIQUES SONT SIMPLES À RETROUVER, MAIS LE PROBLÈME, C'EST LE CENTRE DE LA STRUCTURE.
IL MANQUE UN POINT D'APPUI TRÈS SOLIDE POUR SOUTENIR TOUTE LA PARTIE CENTRALE...
IL N'Y A RIEN DE VISIBLE. PAS MÊME LES FONDATIONS D'UN ÉNORME PILIER MÉTALLIQUE NI D'UNE TRÈS IMPORTANTE LEVÉE DE TERRE...
!
RIEN ! ET ÇA, C'EST INSOLUBLE.
IL N'Y A QU'À CRÉER UN POINT D'APPUI, DISONS AU MILIEU... CE SERAIT COMME UN MÂT QUI SERAIT AU CENTRE D'UNE TOILE DE CORDAGES. DE LOIN, ÇA RESSEMBLERAIT À UN CHAPITEAU... ON CRÉERAIT DES PARCOURS DE PLANCHES TOUT AUTOUR.
NON. CELUI QUI A CONÇU CE TERRAIN DÉTESTAIT LA SYMÉTRIE... CE POINT D'APPUI NE PEUT ÊTRE AU MILIEU.
ON N'A AUCUNE PREUVE QUE LE TERRAIN AÉRIEN A ÉTÉ BEL ET BIEN CONSTRUIT, IL A PEUT-ÊTRE ÉTÉ ABANDONNÉ EN ROUTE...

MERDE !
KRAK!
C'EST LA SECONDE FOIS, CETTE SEMAINE !
ILS SONT UN PEU JALOUX. FAUT LES COMPRENDRE, PERSONNE NE VIENT ICI D'HABITUDE. ILS SONT DÉSTABILISÉS. PRENEZ UN PEU DE LAIT, ÇA VOUS DÉTENDRA.
VOUS VOUS FOUTEZ DE MA GUEULE EN PLUS ?
!
DU TOUT.
NAN, MAIS SÉRIEUX ?
CONTENT ?
J'EMPRUNTE VOTRE SALLE DE BAINS.
ET QUAND VOUS REVIENDREZ... PORTEZ UN CASQUE.
TRÈS AMUSANT.

WOW, PAS TRÈS STABLES CES ESCALIERS.
AH SUPER, DES GEORGES ! SI VOUS ME MONTRIEZ OÙ SE TROUVE LA SALLE DE BAINS ?
PAR PITIÉ, ARRÊTEZ DE CHANGER DE TAILLE TOUT LE TEMPS...
HiHi Hi Hi
Hi Hi Hi HA Hi Hi Hi Hi Hi
Hi
HA Hi HA HA

BONNE NUIT.
JEUNE HOMME...
'SOIR, MADAME...
POUVEZ-VOUS M'OUVRIR LE PORTAIL ? SIMON S'EST ENDORMI.
HOULA ! VOUS AVEZ LA PUPILLE BIEN DILATÉE, VOUS !
!
SIMON M'A FAIT BOIRE SON LAIT... SI VOUS POUVIEZ RESTER DISCRÈTE SUR CETTE MÉSAVENTURE, JE VOUS EN SERAIS RECONNAISSANT.
JE SUIS UNE TOMBE.

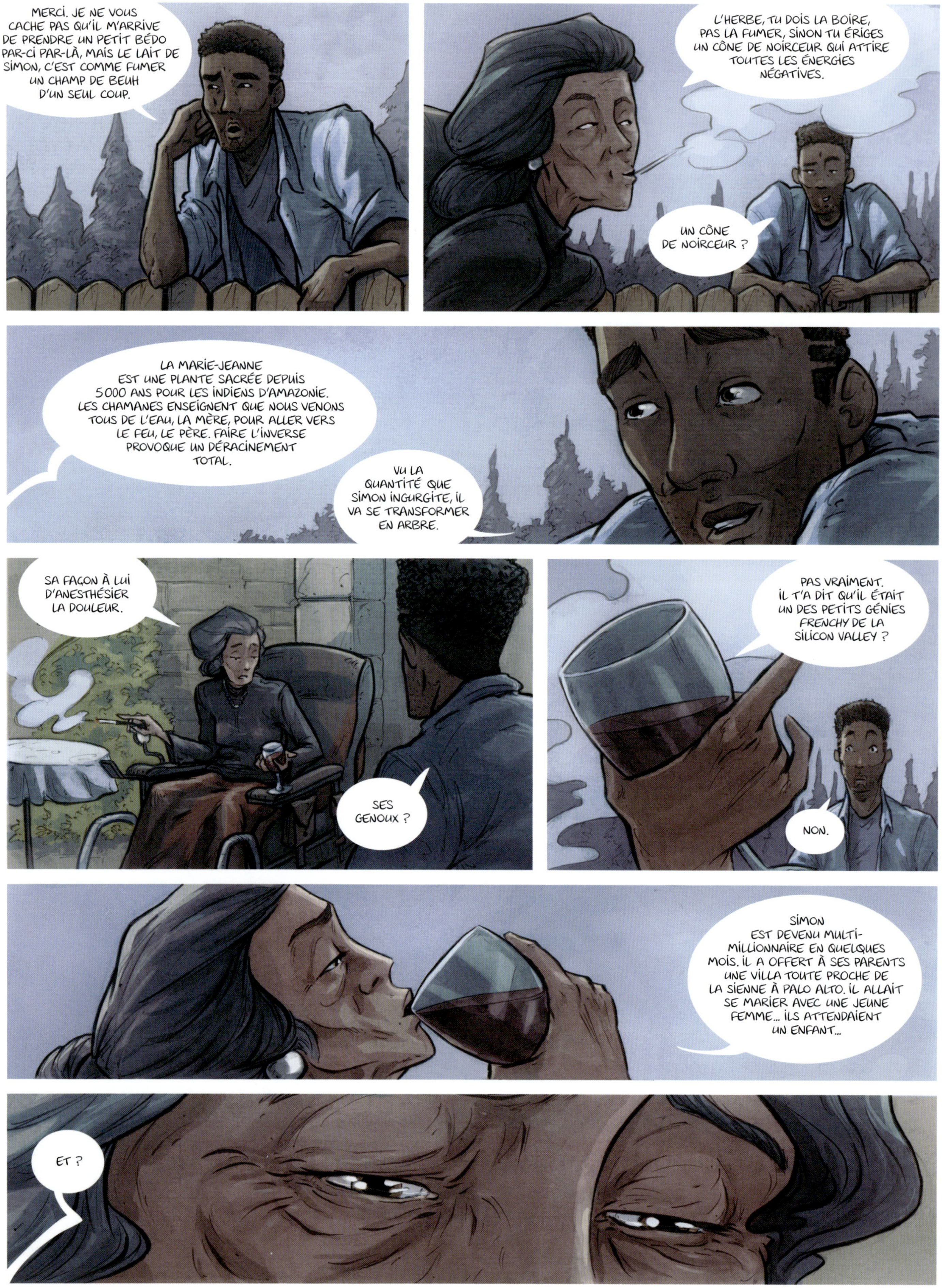

MERCI. JE NE VOUS CACHE PAS QU'IL M'ARRIVE DE PRENDRE UN PETIT BÉDO PAR-CI PAR-LÀ, MAIS LE LAIT DE SIMON, C'EST COMME FUMER UN CHAMP DE BEUH D'UN SEUL COUP.
L'HERBE, TU DOIS LA BOIRE, PAS LA FUMER, SINON TU ÉRIGES UN CÔNE DE NOIRCEUR QUI ATTIRE TOUTES LES ÉNERGIES NÉGATIVES.
UN CÔNE DE NOIRCEUR ?
LA MARIE-JEANNE EST UNE PLANTE SACRÉE DEPUIS 5000 ANS POUR LES INDIENS D'AMAZONIE. LES CHAMANES ENSEIGNENT QUE NOUS VENONS TOUS DE L'EAU, LA MÈRE, POUR ALLER VERS LE FEU, LE PÈRE. FAIRE L'INVERSE PROVOQUE UN DÉRACINEMENT TOTAL.
VU LA QUANTITÉ QUE SIMON INGURGITE, IL VA SE TRANSFORMER EN ARBRE.
SA FAÇON À LUI D'ANESTHÉSIER LA DOULEUR.
SES GENOUX ?
PAS VRAIMENT. IL T'A DIT QU'IL ÉTAIT UN DES PETITS GÉNIES FRENCHY DE LA SILICON VALLEY ?
NON.
SIMON EST DEVENU MULTI-MILLIONNAIRE EN QUELQUES MOIS. IL A OFFERT À SES PARENTS UNE VILLA TOUTE PROCHE DE LA SIENNE À PALO ALTO. IL ALLAIT SE MARIER AVEC UNE JEUNE FEMME... ILS ATTENDAIENT UN ENFANT...
ET ?

ILS SONT TOUS MORTS SAUF LUI DANS UN CRASH AÉRIEN. IL S'EST RÉVEILLÉ APRÈS UNE SEMAINE DE COMA. IL A TOUT ABANDONNÉ LÀ-BAS, ET IL EST REVENU DANS LE QUARTIER OÙ IL EST NÉ… IL A POURTANT QUITTÉ LA RÉGION QUAND IL N'AVAIT QUE ONZE ANS.
IL A DÉCIDÉ DE REVENIR À L'ÂGE DE ONZE ANS.
QUELQUE CHOSE COMME ÇA. IL A ACHETÉ LE PARC ET MIS TOUT LE MONDE DEHORS À COUP DE MILLIONS… SAUF MOI.
SAUF VOUS ? VOUS N'AVEZ PAS ACCEPTÉ ?
IL NE M'A RIEN PROPOSÉ.
OH, NAVRÉ.
JEUNE HOMME, J'AI LARGEMENT DE QUOI VIVRE, ET À MON ÂGE, QUELQUES MILLIONS DE PLUS OU DE MOINS… SIMON M'AMUSE BEAUCOUP ET IL ME TOUCHE AUTANT. IL M'ÉVITE DE PENSER À CETTE SALETÉ DE SCLÉROSE EN PLAQUES QUI ME BOUFFE LE CERVEAU.

PLUS JE SONGE À CE PARCOURS SUSPENDU, PLUS JE SUIS CERTAIN QU'IL A ÉTÉ ABANDONNÉ EN ROUTE.
IMPOSSIBLE, LE BÂTISSEUR DE CE TERRAIN N'ÉTAIT PAS DE CEUX QUI RENONCENT.
ENFIN, SIMON, VOTRE GÉNIE A COMMENCÉ SA CONSTRUCTION PAR L'EXTÉRIEUR. CE GARS-LÀ N'Y CONNAISSAIT RIEN.
BULLSHIT! S'IL N'A PAS EU LE TEMPS D'ACHEVER SON TERRAIN... C'EST QU'IL EST MORT AVANT.
!
WAF
COMMENT T'ES ARRIVÉ JUSQU'ICI, TOI ?
!
PRINCESSE, REVIENS ICI ! PRINCESSE !
QU'EST-CE QU'IL FOUT ?
CHUT !

VIENS LÀ, TOI...
MAIS QU'EST-CE QUE VOUS FICHEZ LÀ, VOUS ?
MERDE ! MON VÉLO !
POURQUOI VOUS AVEZ FILÉ COMME UN GAMIN ?!
POURQUOI VOUS M'AVEZ SUIVI ?
QU'EST-CE QU'IL FAIT ?
IL REGARDE AUTOUR DE LUI.
ADMIRATIF ?
NON. PAS MÊME INTRIGUÉ. IL SEMBLE...
EN COLÈRE.
IL S'APPROCHE DE MON VÉLO...
IL...
SCHLA !
MON VÉLO !
PAF

EH LÀ, ATT...
RAFF
DÉSOLÉ, JE...
DEMAIN, JE REVIENS ET JE DÉTRUIS TOUT. CETTE FOIS, VOUS FERIEZ BIEN DE RESTER À DISTANCE.
BON SANG ! IL NOUS A VRAIMENT FRAPPÉS ?
JE CROIS BIEN QUE OUI.
MES GEORGES... ILS SONT PARTIS.
ILS ONT EU PEUR DE CE DÉMENT.
ILS NE SONT JAMAIS PARTIS COMME ÇA, JAMAIS.
ON VA À LEUR RECHERCHE ?

GEORGES... GEORGES !
GEORGES !
MOI, C'EST VALENTIN !
LE VIEUX A LAISSÉ LE PASSAGE OUVERT.
OUAH, LE TRUC DE OUF !!!
YES !!!
ÇA DEVAIT ARRIVER UN JOUR, SIMON.
MES GEORGES, ILS ONT SENTI QUELQUE CHOSE... JE RENTRE.

MADAME ROECK ?
OH, NON, MADAME ROECK, NON.

SIMON ?
SIMON ?
CAFÉ ?
MADAME ROECK EST MORTE HIER. JE L'AI TROUVÉE SUR SA TERRASSE EN RENTRANT.
VOUS N'ÊTES PAS VENU AU TERRAIN CE MATIN, ALORS...
OH, MERDE... JE SUIS DÉSOLÉ. ELLE AVAIT UNE FAMILLE ?
NON.
ELLE M'A DIT UN SOIR COMME VOUS VOUS OCCUPIEZ BIEN D'ELLE.
VENEZ, ÇA VOUS FERA DU BIEN D'ALLER EN FORÊT.
VOUS CROYEZ ? UNE HORDE DE GAMINS FURIEUX VA DÉFERLER COMME DES SAUTERELLES SUR LE TERRAIN ET J'AI HORREUR DU BOUCAN ET DE LA FOULE.
MERCI, MAIS J'AI TOUT CE QU'IL ME FAUT ICI.
L'HOMME EST REVENU CE MATIN.

ÎL A TOUT CASSÉ ?
NON, ÎL S'EST CALMÉ. ON A UN PEU DISCUTÉ. ÎL S'APPELLE RENÉ… SON FILS, CHRISTOPHE, A BÂTI LE TERRAIN QUAND ÎL N'AVAIT QUE QUINZE ANS.
MAGNIFIQUE !
JE SAVAIS QUE VOUS AIMERIEZ. LE GAMIN A ABANDONNÉ EN ROUTE D'APRÈS CE QUE J'AI COMPRIS.
ÎL EST MORT ?
JE NE SAIS PAS. J'Y RETOURNE, SIMON.
JE VOUS ACCOMPAGNE.
CHAUD DEVANT !
HiHAN
GAFFE, Y EN A DERRIÈRE !
SALUT, GUILLAUME, BONJOUR, MONSIEUR. J'AI TROUVÉ DES POTES POUR NOUS AIDER À MONTER LE PARCOURS SUSPENDU. ON FAIT QUOI ?

VOUS N'ÉTIEZ PAS LÀ, ET IL M'A PROPOSÉ SON AIDE.
FAUT DEMANDER À SIMON, C'EST LUI LE BIG BOSS.
MESNON
9
ON VEUT VRAIMENT AIDER : VOTRE TERRAIN EST GÉNIAL, MONSIEUR.
C'EST PAS MON TERRAIN, MAIS ARMELLE EST CREVÉE. ON A BESOIN DE BRAS POUR PORTER LE BOIS.
MERCI, M'SIEUR ! AUTRE CHOSE, M'SIEUR ?
CHEK !
OUI. JE M'APPELLE SIMON.
ALLEZ, FAIS PAS LA TÊTE, VIEUX. REGARDE COMME LES MÔMES ET ARMELLE SONT HEUREUX. GRÂCE À TOI.

VLAN
SANS RANCUNE ?
C'EST DE BONNE GUERRE.
JE TE REJOINS DANS DIX MINUTES.
VAS-Y, GUILLAUME, DÉPÊCHE !
J'AIMERAIS RENCONTRER VOTRE FILS, MONSIEUR.

VOUS NE FAITES PAS DE VÉLO ?
NON, JE N'APPRÉCIE PAS.
MON FILS NE SAVAIT MÊME PAS EN FAIRE.
ALORS POURQUOI DIABLE AVEZ-VOUS REMIS LE TERRAIN EN ÉTAT ?
PARCE QU'IL RESSEMBLE À UN PROCESSEUR : LE MAXIMUM DE CIRCUITS DANS UN MINIMUM DE PLACE.
MON FILS CAUSAIT COMME VOUS.
VOTRE FILS EST UN GÉNIE.
C'EST VOUS QUI LE DITES. LES MÉDECINS, EUX, PARLENT D'AUTISME PROFOND. LES AUTRES DISENT PLUTÔT QU'IL EST MABOUL OU DINGO. IL ÉTAIT SEUL, IL N'AVAIT PAS D'AMIS. QUE MOI, SON PÈRE.
REBÂTIR SON TERRAIN, C'EST LUI RENDRE HOMMAGE.
J'ARRIVE PAS À LE SAVOIR, PEUT-ÊTRE... C'EST POUR ÇA QUE J'AI PAS TOUT CASSÉ... PEUT-ÊTRE.
LE PARCOURS SUSPENDU, IL A VRAIMENT EXISTÉ ?
CHRISTOPHE N'EN A POSÉ QUE LES BASES... UN JOUR, IL N'A PLUS VOULU VENIR... ET IL A COMPLÈTEMENT CESSÉ DE PARLER.
OÙ EST-IL, AUJOURD'HUI ?

DANS UN CENTRE SPÉCIALISÉ À UNE QUINZAINE DE KILOMÈTRES.
ILS ACCEPTENT LES VISITES D'ANIMAUX ?
Miii
KRAK!

KRAAK !
FiiUUTT
ON EST AU COMPLET, LES GEORGES, ALLONS-Y.
SALUT, CHRISTOPHE. JE VOIS QUE TU AS TOUJOURS LE GOÛT DES ENDROITS PAUMÉS.
JE M'APPELLE SIMON, ET J'AI REMIS EN ÉTAT TON TERRAIN... LE CIRCUIT DE VTT DANS LA FORÊT.
POUR LE PARCOURS SUSPENDU... QU'EST-CE QUE TU AVAIS EN TÊTE ?
CLAC CLAC

JE SAIS QUE TU AVAIS TOUT PRÉVU, TOUT... JE TE CONNAIS : TU ES COMME MOI. ALORS QU'EST-CE QUI DEVAIT LE SOUTENIR DANS LA CUVETTE ?
CLAC
CLAC
WAF
MIII
T'EN AS VRAIMENT PLUS RIEN À FOUTRE DE TON CHEF-D'ŒUVRE ? TU PRÉFÈRES COMPTER LES FOURMIS QUI COLONISENT TES POMPES ?
VA ÊTRE TEMPS DE PRENDRE LA FILLE DE L'AIR, LES GEORGES.

CLIC
LES TÊTES, RIEN QUE LES TÊTES, JE SAIS, MADAME ROECK.
OUI, DU BEURRE, MADAME ROECK : JE N'ADORE PAS LA CRÈME FRAÎCHE... JE N'AI JAMAIS OSÉ VOUS LE DIRE.
NON, PAS QUESTION D'OUBLIER VOTRE COUP DE MAÎTRE, LA CANNELLE !

SIMON !
BORDEL, MAIS QU'EST-CE QUE TU AS FOUTU ?
BEN... DU LAIT.
MERDE !
CHIER ! COMMENT JE VAIS RATTRAPER ÇA ?
ON A ÉTÉ ALERTÉS QU'UN MALADE DU CENTRE PSYCHIATRIQUE A DISPARU CETTE NUIT. TU VOIS À QUI JE FAIS ALLUSION ?
NON.
D'APRÈS LE REGISTRE DE L'HÔPITAL, TU ES LE DERNIER À L'AVOIR VU. DES FLICS DE LA POLICE NATIONALE VIENDRONT T'INTERROGER CE MATIN.
POLICE
NICIPALE
MALHEU-REUSEMENT, JE DOIS SORTIR.
AH ! MON LAIT EST PRÊT !

!
CHRISTOPHE ?
JE ME DOUTAIS QUE TU SERAIS DANS LE COIN. T'AS PAS FROID, MON VIEUX ? ILS TE CHERCHENT PARTOUT, TU SAIS.
QU'EST-CE QUE TU... ?

GOD... C'EST LE PARCOURS SUSPENDU QUE TU DESSINES, HEIN ?
LÀ, TES POINTS D'APPUI SECONDAIRES... ALORS TU CONNAIS LA RÉSISTANCE DES MATÉRIAUX ET LE BILAN DES FORCES... MAIS OÙ EST LE POINT D'APPUI CENTRAL ?
GUILLAUME ?... J'AI RETROUVÉ CHRISTOPHE, IL EST SUR LE TERRAIN... OUI, TOUT VA BIEN... IL DESSINE.
NON, PAS TOUT DE SUITE... PARCE QU'IL N'A PAS FINI !... CHERCHE PAS À COMPRENDRE.

IL N'AVAIT PLUS DESSINÉ DEPUIS VINGT ANS...
GO, LES GARS !
HÉ, LES JEUNES ! BOUGEZ DE LÀ !
LAISSEZ, QU'ILS S'AMUSENT, APRÈS TOUT C'EST UN TERRAIN DE VTT, NON ?
TOUT EST DANS SA TÊTE, N'EST-CE PAS ?
IL POURRAIT REPRODUIRE ENCORE ET ENCORE LE MÊME DESSIN À N'IMPORTE QUELLE ÉCHELLE LES YEUX FERMÉS.
DÉSOLÉ, ON N'AVAIT PAS VU...
EUH... IL FAIT QUOI EXACTEMENT ?
IL TERMINE CE QU'ON A COMMENCÉ.

IL DESSINE UNE MONTAGNE...
C'EST LE POINT D'APPUI CENTRAL... UNE BUTTE D'AU MOINS SIX MÈTRES DE HAUT...
ON VA ENFIN SORTIR CETTE MONTAGNE DE TERRE !
SIMON, ÇA EN FAIT, DE LA TERRE... ET ON N'A QUE DES PELLES. DANS VINGT ANS, ON Y SERA ENCORE.
ET CE PARCOURS SUSPENDU, ON N'EST MÊME PAS CERTAINS QUE ÇA VA FONCTIONNER. MOI, JE TROUVE ÇA UN PEU TROP CHELOU.
ON N'A QU'À VOTER, GROS ?
TU TE CROIS À L'ASSEMBLÉE NATIONALE, GROS ? VOUS ÊTES UNE BANDE DE GAMINS VENUS FAIRE DU VÉLO, ALORS ALLEZ FAIRE DU VÉLO !
COMME TU L'AS DIT, CE SONT DES GAMINS, PAS DES FORÇATS.
ON SE MET AU BOULOT ?
SIMON, LES JEUNES ONT RAISON : UNE VIE N'Y SUFFIRAIT PAS. LE PARCOURS QUE TU AS RECRÉÉ EST MAGNIFIQUE. ON N'A PAS BESOIN DE CETTE BOSSE.
ET VOUS, RENÉ, QU'EST-CE QUE VOUS EN PENSEZ ?

RIEN POUR LE MOMENT... JE REVIENS DANS UNE DEMI-HEURE, PRENEZ SOIN DE CHRISTOPHE.
BEN VOYONS... PAPA NOUS LÂCHE.
CLONG
HIIIIHAN!
!!
POF
ZZZZZZ
KZZZ K KZZZZZZ
JE DÉTESTE CES PUTAINS D'AVIONS !
CRAK
HI HI HI HI HI
?
!
!
BZZ
PAS DE DOUTE, VOUS ÊTES FAITS POUR VOUS ENTENDRE.

RRRRRRRRRRR
SI J'AI PAS TROP PERDU LA MAIN, LA BUTTE SERA PRÊTE CE SOIR.
BROOF
VOUS CROYEZ QUE MON GAMIN A CREUSÉ TOUT ÇA À LA PETITE CUILLÈRE ? J'AVAIS UNE BOÎTE DE BTP AVANT MA RETRAITE. J'AI AIDÉ CHRISTOPHE À LE BÂTIR, SON FOUTU TERRAIN.
ON Y A PASSÉ DES JOURS, HEIN, MON GARÇON ?... ALORS UN DE PLUS OU UN DE MOINS...

LA MONTAGNE.

HI HI HI...

Merci,

À Benjamin Blasco-Martinez, pour tout, absolument tout,

À Robin Recht, pour son temps et ses précieux conseils,

À Stéphane Piatzszek et l'équipe Bamboo Grand-Angle,
pour m'avoir donné ma chance.

Émilie

PREMIÈRE ÉDITION - Dépôt légal : mars 2025 - ISBN : 979-1-0411-0098-9

Certifié PEFC
Ce produit est issu de forêts gérées durablement et de sources contrôlées
PEFC
PEFC/07-31-234
www.pefc.org

Imprimé en Belgique
Printed in Belgium by Delabie S.A. – Lesaffre S.A. (Mouscron),
Z.I. La Martinoire Bd de l'Eurozone 9 7700 Mouscron

La fabrication de cet album répond au processus
de développement durable engagé par Bamboo Édition.